Puedes consultar nuestro catálogo en www.picarona.net

Nooooooooo
Texto: *Kathryn Cole*
Ilustraciones: *Qin Leng*

1.ª edición: octubre de 2017

Título original: *That Uh-oh Feeling*

Traducción: *Joana Delgado*
Maquetación: *Isabel Estrada*
Corrección: *Sara Moreno*

© 2016, Boost Child & Youth Advocacy y Kathryn Cole & Qin Leng
(Reservados todos los derechos)

© 2017, Ediciones Obelisco, S. L.
www.edicionesobelisco.com
(Reservados los derechos para la lengua española)

Edita: Picarona, sello infantil de Ediciones Obelisco, S. L.
Collita, 23-25. Pol. Ind. Molí de la Bastida
08191 Rubí - Barcelona - España
Tel. 93 309 85 25 - Fax 93 309 85 23
E-mail: picarona@picarona.net

ISBN: 978-84-9145-104-4
Depósito Legal: B-22.344-2017

Printed in Spain

Impreso en España por ANMAN, Gràfiques del Vallès, S. L.
C/ Llobateres, 16-18, Tallers 7 - Nau 10, Polígon Industrial Santiga
08210 - Barberà del Vallès (Barcelona)

Noooooooooo

Una historia sobre abusos

Texto: Kathryn Cole   Ilustraciones: Qin Leng

Picarona

Clara dio una patada al balón.

—¡*Nunca* lo haré bien!

—Lo harás –le dijo Ian, el entrenador–, recuerda que las cosas nuevas hay que practicarlas.

Clara lo intentó de nuevo. Corrió hacia delante y chutó la pelota, pero ésta se fue hacia un lado, y no hacia donde tenía que ir.

—Casi –la animó Ian–, sigue así –gritó mientras se apresuraba a colocar unos cuantos conos para que los demás niños pudieran regatear con la pelota.

Clara frunció el ceño. «Casi no es suficiente», pensó. Shaun y Nadia eran de su equipo. Quizás ellos podrían decirle qué era lo que hacía mal.

—¿Me puedes ayudar? –le preguntó a Shaun.

—Claro –le dijo. Pero la verdad es que él no sabía mucho más que Clara.

Cuando Ian acabó de colocar los conos se acercó y les dijo:

—¿Qué sucede?

—Nada bueno –contestó Clara frunciendo el ceño aún más.

Ian sonrió.

—Deja que te ayude.

Luego envió a Shaun a practicar regateos con los demás.

Ian colocó el balón delante de Clara.
Vio como ella daba una patada
bien fuerte y la pelota salía disparada
perpendicularmente.
—¿Ves? No debería ir
en esa dirección –dijo ella.

Ian se inclinó, tomó el pie
de Clara con una mano y girándolo un poco le dijo:
    —Intenta utilizar más el lateral del pie.
    Se irguió y le sonrió.
    —Esa cara es demasiado bonita para estropearla con muecas.
Venga, sonríe.

A Clara no le importaba que le dijeran bonita, pero ser bonita no tiene nada que ver con jugar a fútbol. Se sentía rara. No sonrió. Cuando se dirigía hacia donde estaban los demás, Ian le dio unas palmaditas en la espalda.

Pocos minutos después, sonó el silbato y acabó el entrenamiento.

—Buen trabajo, equipo –dijo Ian–, nos vemos la semana que viene.

Los niños fueron corriendo hacia donde estaban sus padres.

La mamá de Clara estaba hablando con alguien al otro lado del campo. La pequeña recogió su jersey y su botella de agua y se sentó en el césped a esperar. Entonces llegó Ian y se sentó a su lado.

—Si la próxima semana vienes un poco antes te daré unas clases a ti sola. Y, Clara, no te tomes el fútbol demasiado en serio. ¡Se supone que tiene que ser divertido! –Empezó a hacerle cosquillas en las costillas. Clara lo esquivó y se retiró un poco.

—Perdona, –le dijo él–. En realidad es culpa tuya, te veo tan triste que me dan ganas de hacerte cosquillas. –Y añadió acercándose a ella–: Si me prometes mantenerlo en secreto, te diré algo más.

—¿Por qué tiene que ser un secreto? –preguntó Clara.

—Pues porque a los demás chicos, y quizás también a sus padres, no les gustaría saber que tú eres mi jugadora estrella.

Y una vez más, Clara tuvo una sensación extraña. Era un sentimiento raro y confuso.

Entonces llegó la mamá de Clara.

—Perdona que te haya hecho esperar, cariño –le dijo–. Vamos, ¿lo tienes todo?

Cuando se iban, Ian llamó a Clara y le dijo:

—No olvides lo que te he dicho. Ven un poco antes la semana que viene y trabajaremos juntos unos cuantos saques.

—¡Qué amable es Ian ofreciéndote una ayuda extra! –dijo la mamá de Clara.

—Supongo –dijo Clara, pero lo de guardar en secreto lo de las cosquillas de Ian hacía que se sintiera incómoda.

«¿Y por qué soy la jugadora estrella de Ian? –se preguntaba–. ¡Si ni siquiera sé chutar la pelota en línea recta!».

Clara tenía muchas cosas en que pensar. Se sentó en las escaleras de su casa y se sintió preocupada hasta que su mamá la llamó para comer.

A la mañana siguiente, durante el recreo, aún se sentía confusa. Decidió hablar con Shaun y Nadia.

—Chicos, ¿a vosotros el entrenador Ian no os produce una sensación rara?

—¿Rara? –dijo Shaun.

—Pues es que siempre me está diciendo que soy bonita, y siempre me está tocando. Ayer me pidió que le guardara un secreto.

Nadia hizo una mueca.

—Mis papás dicen que los adultos no deben pedir a los niños que guarden secretos sobre cosas como el contacto físico.

—¿Qué pasó? –le preguntó Shaun.

Clara no estaba segura de si debería contarlo, pero respiró profundamente deseando que sus amigos la entendieran.

—Ian me toca y me hace cosquillas. Me dice que soy especial, que soy su preferida, pero que no debo contarlo porque a la gente no le gustaría saberlo. Después, me ha dicho que me iría bien una ayuda extra, él y yo solos. Pero si soy una estrella, como él dice, ¿por qué necesito una ayuda extra?

—¡Uf! –dijeron Shaun y Nadia a un tiempo.

—Lo mejor es que se lo cuentes a tu mamá –dijo Nadia.

—Ella cree que Ian es muy amable por ofrecerme clases extras. ¿Y si en realidad sólo está tratando de ser amable?

—¿Y por qué lo del secreto? –preguntó Shaun.

—Sí –dijo Nadia–, ¿por qué?

Clara no supo qué contestar. Pero Nadia sabía que ese tipo de secretos no eran buenos.

Aquella noche, Clara fue a la habitación de su hermana mayor y se lo contó todo: lo de que Ian la tocaba bastante, lo del secreto, lo de que quería trabajar a solas con ella y que era su jugadora preferida.

—¿Tú qué piensas, Anna?

—A mí me parece muy raro –dijo Anna, tomando a Clara de la mano–. Vamos a contárselo a mamá.

—¿Y si Ian tiene problemas con todo esto? ¿Y si los demás me odian por ser su favorita?

—Pues, mira, si Ian tiene problemas con esto será por su culpa, no por la tuya. Y nadie te va a odiar, te lo prometo –le dijo Anna.

Después de haber contado la historia por tercera vez, Clara se siguió sintiendo preocupada. Se preguntaba si, de algún modo, la culpa no sería suya.

—¿Qué debería hacer, mamá? –quiso saber Clara.

—¡Pero si ya lo has hecho! –le contestó su mamá, dándole un gran abrazo–. Has prestado atención a tus sentimientos y te has dado cuenta de que son importantes. Estoy contenta de que me lo hayas contado, y te creo.

—¿Se enfadará Ian conmigo?

—Cariño, no tienes que preocuparte por Ian. Nadie debe pedir a los niños que guarden ese tipo de secretos. Ian lo sabe. Yo estoy muy orgullosa de que tu hermana y tú hayáis venido a hablar conmigo.

Aquella noche Clara durmió muy bien.

Al día siguiente era sábado, y Clara había preguntado a Shaun y a Nadia si querían ir a su casa a jugar a fútbol.

Después de jugar un rato, hicieron un descanso.

—Oye, Clara –dijo Nadia–. ¿Qué pasó con lo del secreto? ¿Se lo contaste a tu mamá?

—Sí –dijo Clara–. Tenías razón. Se puso muy contenta de que se lo contara. Y no podéis ni imaginar quién nos va a entrenar las próximas semanas.

—¿Quién? –le preguntó Shaun.

Entonces apareció la mamá de Clara con una bandeja de limonada.

—¡Yo! –dijo riéndose–. ¡Aunque hace mucho tiempo que no juego al fútbol!

—¡Lo harás muy bien, mamá! –dijo Clara.

—¡Ahora mismo te refrescaremos la memoria!

Para los adultos

Sobre los abusos / sobre el contacto físico no deseado

El contacto físico positivo es parte sustancial en todas las relaciones personales. Y, lo que es más importante, los niños necesitan recibir un mensaje claro de lo que eso significa. Los niños que saben decir *no* o saben cuestionarse la manera como les tocan algunas personas cuentan con mayores habilidades para prevenir los abusos. Necesitan ayuda para saber diferenciar las distintas formas de contacto físico, aquellas que les producen buenas sensaciones, las que les extrañan y las que les hacen que se sientan incómodos. Para ellos, el contacto físico puede ser un tanto confuso, pues los adultos dan al respecto mensajes diversos; así, por ejemplo, los padres piden a los niños que den a alguien un beso de buenas noches cuando ellos no quieren hacerlo, o bien reciben unas palmadas en el trasero por haber pegado a su hermano o hermana.

Los padres pueden ayudar a sus hijos a hablar sobre los tocamientos.

- **Hablar sobre el contacto físico:** Hablad abiertamente con ellos de las diferentes maneras de tocar y de los sentimientos que puede producir.
- **Mostrar respeto:** Hablad con los niños sobre el agrado y el respeto que deben tener hacia sus cuerpos, y hacedles saber que tienen el derecho a decidir cómo y quién quieren que los toquen.
- **Poner ejemplos:** Los niños necesitan saber que todos los sentimientos son importantes, y también que los problemas pueden resolverse sin contacto físico y sin violencia.
- **No hay secretos:** Explicad a los niños que nadie puede pedirles que guarden un secreto respecto a los contactos físicos, y recordadles que se puede hablar de todo.
- **Escuchar al cuerpo:** Enseñad a los niños a detectar las sensaciones incómodas y a identificar a los adultos en quienes poder confiar si tienen un problema o una preocupación.
- **Mostrar amor:** Abrazad a vuestros hijos: todos los niños necesitan del contacto físico tierno y positivo.